Joyeux Anniversaire

Titouan

Raphy cygy

Cet ouvrage a été imprimé sur un papier
issu de forêts gérées durablement,
de sources contrôlées.

PEFC
PEFC/10-31-1093

IMPRIM'VERT
Votre imprimeur agit pour l'environnement

ISBN : 978-2-7002-3205-9

L'école d'Agathe

Texte de Pakita
Images de J.-P. Chabot

Romain adore les dinosaures

RAGEOT • ÉDITEUR

Vous connaissez Romain ?
C'est le grand spécialiste des **dinosaures**, il les adore !

Si vous n'aimez pas beaucoup les **dinosaures**, il vaut mieux éviter de discuter avec Romain. Romain est un vrai passionné. Il ne s'intéresse qu'à ça.

J'exagère un peu mais si vous voulez jouer à « chiche que t'es cap », aux chevaliers ou aux pirates, il faut demander à d'autres copains comme Charles ou Thomas.

Parce que Romain, lui, passe ses récrés à fouiller dans la terre autour des arbres de la cour pour découvrir des **vieux os** de **dinosaures** transformés en pierre. Il dit que ça s'appelle des **fossiles.** Et qu'ensuite il pourra reconstituer un **squelette entier!**

Mais pour l'instant il n'a rien trouvé.

– Ce n'est pas grave ! nous a dit Romain. J'ai tout mon temps parce que, plus tard, je serai **paléontologue.**

– Paléquoi ? a demandé Hugo.

– Palé-on-to-logue ! a articulé Romain. C'est le savant qui étudie les **fossiles** des **dinosaures.** Et moi, quand je serai grand, je trouverai les traces d'un **dinosaure** énorme et inconnu !

Romain aime tellement les **dinosaures** qu'il veut leur ressembler ! Pour imiter le **corythosaure,** il se fait une crête avec du gel ! Et avec ses lunettes, il est... le premier **dinosaure** à lunettes ! Je rigole !

La première fois qu'on l'a vu avec sa crête, on a éclaté de rire mais Romain nous a serré la main très sérieusement.

– Bonjour ! Je me présente, docteur Dino !

Alors imaginez la tête de Romain, hier, quand la maîtresse a dit :

– Avant de commencer la leçon sur nos ancêtres les **hommes préhistoriques,** nous allons parler un peu des **dinosaures.**

C'était Romain ! Il était tellement content qu'il sautait comme un **brontosaure** joyeux.

La maîtresse lui a demandé :

– Romain, as-tu envie de parler des **dinosaures** à tes camarades ?

– Oh oui maîtresse, a répondu Romain, si tu veux, je te remplace comme ça tu pourras te reposer.

La maîtresse a éclaté de rire.

– D'accord Romain. Je prends ta place et tu prends la mienne !

Romain est allé au tableau et il a commencé la leçon :

– Les dinosaures sont arrivés sur Terre il y a 225 millions d'années. Les hommes n'existaient pas encore. Et sur Terre, il faisait très chaud. Les mamans dinosaures creusaient un gros trou pour déposer leurs œufs dedans. Certaines d'entre elles pondaient jusqu'à vingt œufs.

J'ai bondi :

– Vingt œufs ? Ça fait vingt enfants ! C'est génial ! J'adorerais être un **dinosaure !** J'aurais dix-neuf frères et sœurs pour jouer !

Alors Marie a dit :

– Eh bien pas moi ! Parce que vingt œufs, ça fait dix-neuf frères et sœurs pour se bagarrer, je le sais, j'ai trois petits frères !

– Ça suffit les bavardages ! a dit Romain. J'ai encore des choses à vous apprendre sur les **dinosaures.**

Ça alors ! Romain ressemblait tellement à la maîtresse quand elle se fâche qu'on s'est tus !

Il a continué sa leçon :

– Il existe deux sortes de dinosaures : les **HERBIVORES** et les **CARNIVORES.**

– Les **herbivores** mangent de... ?

– L'herbe ! on s'est écriés en chœur.

– Et les **carnivores** mangent...

– Des cars ! a répondu Mathieu.

On a tous éclaté de rire.

C'est sûr, Mathieu se trompait, les cars n'existaient pas au temps des **dinosaures** !

Romain, lui, n'a pas ri. Il a dit :

– Bon, vous n'êtes vraiment pas drôles. Être **carnivore,** ça veut dire qu'on mange de la viande.

– Eh bien moi, je suis **carnherbivore,** s'est exclamée Audrey, parce que mon plat préféré, c'est bifteck salade !

– Et moi, je suis **fritivore** parce que je n'aime que les frites ! a déclaré Tom très sérieux.

La maîtresse s'est levée.

– Un peu de silence, les enfants ! Je pensais que vous seriez contents qu'un de vos amis vous parle des **dinosaures...**

Léonard l'a interrompue :

– C'est que, maîtresse, on en a un tout petit peu assez des **dinosaures** de Romain. Il ne pense qu'à ça.

Juste à ce moment-là, la sonnerie a retenti.

– Tous en récré, cela vous fera du bien, a ordonné la maîtresse.

Dans la cour, Romain nous a demandé :

– C'est vrai que je vous embête avec mes **dinosaures ?**

– Oui, parce que tu ne joues jamais avec nous ! a dit Zoé.

– Ah c'est ça ! s'est exclamé Romain. Très bien, je joue avec vous ! Attention ! Jeu de devinettes :

1 - Combien de dents a le **tyrannosaurus rex ?**

2 - Quel est le **dinosaure** qui ressemble le plus à un **rhinocéros ?**

3 - J'ai un pouce en forme de poignard, qui suis-je* ?

– **Oh noooon,** docteur Dino ! Pas des devinettes de **dinosaures !**

* Les réponses aux devinettes sont sous mon lit, page 28.

– Bon d'accord ! a dit Romain. Alors je vais inventer un super jeu pas ennuyeux de **dinosaures !**

– Bravo docteur Dino !

Romain a réfléchi toute la journée, en classe, pendant la récré de la cantine... Puis au moment de la sortie, il a appelé Aziz :

– Aziz ! Psss psss psss !

Toute la soirée, je me suis demandé ce qu'ils s'étaient raconté. Alors ce matin, j'ai couru jusqu'à l'école!

Sous le préau, Romain a sorti de son cartable des masques de **dinosaures** ma-gni-fi-ques.

– Wouaouh! Ils sont super beaux! C'est pour qui? a questionné Marie.

– Aziz et moi on les a fabriqués pour qu'on joue tous ensemble à **SUPER DINOS!**

Romain a expliqué son jeu.

– Il y a deux équipes : les dinosaures carnivores et les dinosaures herbivores. Les carnivores doivent attraper les herbivores et les faire prisonniers. Mais les herbivores peuvent les délivrer en les touchant avec leur grosse patte. La partie finit quand je crie : « Météorite ! »

– Pourquoi météorite ? a demandé Mathilde.

– Parce qu'un jour, tous les dinosaures ont disparu et que certains savants pensent que c'est à cause de l'éruption des volcans, d'autres à cause d'un énorme météorite qui se serait écrasé sur la Terre.

– Mais comment on sait qui est **carnivore** ou **herbivore ?** a demandé Tom.

– Grâce à la couleur du masque ! a répondu Romain. Il y a des masques de **tricératops,** de **diplodocus,** d'**iguanodon,** d'**allosaurus,** de **tyrannosaurus rex...** Je cache derrière mon dos un masque d'**herbivore,** un autre de **carnivore.** Vous êtes prêts ? Je mélange. Vous me dites : main droite, main gauche et voilà !

Oh non ! La sonnerie a retenti et on est montés en classe. Mais à la récré, Romain a crié :

– Qui veut jouer à **SUPER DINOS ?**

– Moi ! Moi ! Moi !

On a tous levé le doigt.

J'ai tiré un masque rouge. Je suis devenue **carnivore** et je me suis transformée aussitôt en **allosaurus-Agathe.**

Et puis j'ai couru derrière **stégosaurus-Zoé** en sortant mes griffes et je l'ai attrapée. Vlan! Dans notre camp! Mais **iguanodon-Tom** l'a délivrée!

– Je peux jouer? Je voudrais être un **archéoptéryx,** a demandé un CM1.

– Désolé, a répondu docteur Dino, il n'y en a pas dans mon jeu. C'est un **dinosaure** qui vole et on ne peut pas l'attraper!

Il est trop fort, Romain!

Oh là là ! Il est tard ! Le jeu de Romain est vraiment génial ! Grâce à son **SUPER DINOS,** toute la classe adore les **dinosaures.**

C'est sûr, il sera un formidable palon, palalon, pantalon, euh… patalogue… enfin… grrrr… un chercheur de **dinosaures** très connu… Voilà !

Allez bonne nuit les **amis-dinos** !

Réponses aux devinettes de la page 19 :

1 – Cinquante et plus.

2 – Le styracosaure ou le centrosaure.

3 – L'iguanodon.

L'auteur

Pakita aime tous les enfants ! Les petits, les gros, les grands, avec des yeux bleus, verts ou jaunes, avec la peau noire, rouge, orange, qui marchent ou qui roulent, et même ceux qui bêtisent !
Pour eux, elle se transforme en fée rousse à lunettes, elle joue, elle chante, elle écrit des histoires et des chansons pour les CD, les livres ou pour le dessin animé.

L'illustrateur

Jean-Philippe Chabot est né à Chartres en 1966. Avant d'entrer à l'école il dessinait déjà. À l'école, il dessinait encore. Puis il a choisi de faire des études de… dessin. Et maintenant, son travail c'est illustrer des albums et des romans.
Il est très heureux de dessiner tous les jours et parfois même la nuit mais toujours en musique.

L'école d'Agathe

64 titres parus

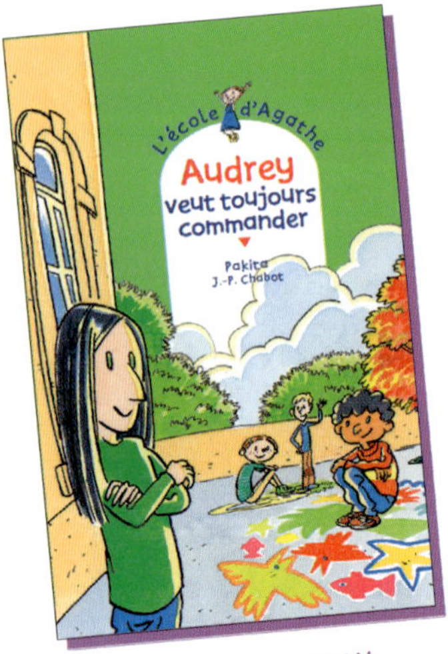

5- Audrey veut toujours commander

8- Il est rigolo Théo

13- La nouvelle s'appelle Louise

29- Thomas est un vrai pirate

L'école d'Agathe

Toute la série
L'école d'Agathe
sur www.rageot.fr

Achevé d'imprimer en France en décembre 2011
par I.M.E. – 25110 Baume-les-Dames
Dépôt légal : janvier 2012
N° d'édition : 5546 - 05